くじら屋敷のたそがれ

原 葵

国書刊行会

目　次

プロローグ……7

第一章　ようこそ島へ……15

夫のノート……17
海雀が鳴く朝……24
地　図……29
島内案内人……33

第二章　水上二足歩行について……39

妻のノート……41
徘徊する者……47
うすばかげろう……51
水上二足歩行術者……57

第三章　東部海岸の人々……61
家族の日曜日……63
東部海岸の犬たち……67
東部海岸、丸ふじとんかつ店……72
第四章　くじら屋敷の猫たち……77
猫の小説作法……79
屋根の上の隠者……83
忘れの森で……87
本当の名は……92
第五章　絶滅危惧種……97
何でもあります……99

鞭の音……105
あたしの胸がふくらんだら……109
絶滅危惧種……115
打ちあけ話……122

第六章　たそがれのサーカス団……129

焚き火……131
ポタポタ……134
カエルモドキ……140
ぼくの不眠……144
たそがれのサーカス団……148
たそがれにあらわれる者……152

エピローグ……157

くじら屋敷のたそがれ

プロローグ

夕方になると、夫が、二階の西の窓から彼方をのぞんで、何かを叫んでいるのが聞こえた。

その声が聞こえると、飼猫が、

「ああ、あの人が楽しそうに唄っているよ」

と、わたしにいいに来る。そして自分もいっしょに唄いたいなあというそぶりで、もじもじと羨ましそうに二階を見上げる。

「苦しんでいる声だよ」とわたしがいうと、

「いいや、いい声だ、楽しそうな唄声だ」と猫はいう。

たそがれが降りてくるまで、夫の叫びはひとしきり続く。

夜になると夫は、ノートに向かい、一晩中何かを書きつけている。

そのノートを盗み見たといって、飼猫がやってきて、いう。

「自分は罪深い囚人だと書いてあるよ」

「そんなものは、詩さ」とわたしは、ばかにしていう。猫は字を知らないから、読めるわけはない。仮に読めたとしたって、そんなものは詩だ。

朝になると、一晩中書きつづけた夫は憔悴しきっている。わたしが二階へ上がっていくと、あるかなきかの声で、

「夜の発明の仕事は終った」と呟く。

「うるさい」と、忙しいわたしはいう。

わたしは部屋の窓を開けて風を入れ、重く淀んだ空気を吹きとばさなければならない。夜のあいだに夫が部屋の床に流した汗や涙も拭きとらなければならない。

作業の邪魔になるので、わたしはぐったりと床に横たわる夫の手や足を紐で縛り、芋虫のように転がしておく。

飼猫は、夫の手足を縛った紐にじゃれて遊んでいる。そして芋虫のように横たわる夫の体の上で、勢いよく跳んだりはねたりして、

「こうして踏みつけられて、どうだ、嬉しいか」などといっている。猫がじゃれるので、夫の手足を縛った紐がほどけ

そうになる。わたしは猫を階下へ蹴り落とし、紐をきつく縛りなおす。夫が芋虫のように安らかに眠れるようにとねがいながら。

昼間はこうして夫は眠って過ごす。

夕方が近づくと、わたしはまた二階へ上がってゆき、夫の緊縛を解き、寝ているあいだに流れた夫の汗や、血や、涙をふいてやる。

すると夫は体を起こし、西の窓へ行って、彼方を見つめる。

これがわたしの仕事だ。仕事を終えてわたしが階下へ降り

てゆくと、
「さあ、これから発明と発見の時間だ」といって、夫が机の上のノートに向かう声が聞こえる。

こうして夫は、たそがれの島への憧憬を育てていった。夫の魂が、たそがれの島へ憧れ出てゆこうとするのを、わたしは止めることができず、見守っているばかりだった。

こんなふうに、わたしと夫は過ごしていた。これがわたしたちの日常だった。

それなのに——。

夫は行ってしまった。

とうとう、島へ行ってしまった。たそがれの島へ。

わたしを捨てて。


だが、後になって一冊のノートがわたしに送られてきた。

添えられた夫の手紙には、

「決してお前を捨てたのではない。私の心はお前とともに生きた。そのあかしに、たそがれが降りてくる前に、私のノートを送る」

夫が毎夜、「これが私の仕事だ」といって書いていたノートを、こうしてわたしは読む。

第一章　ようこそ島へ

夫のノート

私の悲しみはますます深くなり、ノートがますます悔恨や苦しみ、贖罪などで満たされるようになったので、とうとう島へ行くべき時が来たと悟った。

聞くところによれば、その島には多くの人々が懊悩や悲しみ、苦しみを捨てに来るという。かくて私も、その年の春、島をめざす人々の一員となったのである。

島は遠い。が私たちの悩みが深ければ、それだけ島は近いという。

船が島へ近づくにつれ、海雀たちが大群で訪れ、船のまわりをハタハタと飛びまわって、〈アレアレ〉〈ソウダッテバ〉〈ネエネエテッキリ〉などと喋っているのが聞こえた。

島へ降りてみると、そこではたしかにすべてのものが懊悩していた。たとえば海岸を走る犬も謝罪の言葉を吠えながら走っているように見えた。あぜ道の刈りとられた麦の株を這う蛇も、その這いかたが只ならないように思われた。蛇から逃げる蛙ですら只ならない方向を目ざして跳んでいた。

「島では蛙ですら懊悩していた」と私はノートに書きつけた。空を舞う鳶も同様だった。鳶は懊悩しながら蛙をねらっていた。

私は島のすべてをノートに書き記そうと決めた。私のノートは、次第に厚くなっていった。

私はくじら屋敷へ出頭し、

「発明を忘れそうになったら、どうしたらいいのでしょう」と尋ねた。

「罰を受けに来た人ですね」と島内管理人はいい、「それではこちらへ来てくださいと私を案内した。

連れていかれた所には大きな電飾板が立っていた。

「これで発明のスイッチをオンにしたりオフにしたりして下さい。あなたが祈っているしるしに」

私は、朝な夕な、島の埠頭で、電飾を点灯する点灯人となった。

「朝も夕も、また〈時〉を忘れそうになったらいつでも、点灯してよいのですよ。それが祈ることなのですから」

こうして私は罰を受け、祈る点灯人となった。

島では、時がたつのが他の土地とちがって、時間が早くなったり遅くなったりするようだ。人々は島時間と呼んで、これに慣れている。夜がすぐに明けたり、日中はすぐ暮れて夜になったりする。その逆のこともある。私もはじめのうちはとまどったものの、今ではすっかり慣れて、しっかり朝夕に点灯している。

夜になると、島の埠頭には、今晩も「いらっしゃいませ歓迎」という赤いネオンと、「いつの日かまたおいでください　お気をつけて」という青いネオンが、交互にピカピカと点滅している。そのスイッチを入れるのが、私の仕事だ。だが実際は、一度入島したらこの島をなかなか出ることができないのを、今の私は知っている。

私のノートの一番古い頁には「だましたのは妻で、だまされたのは本当は私だったのだ」と書いてある。中ほどの頁を見ると「生まれつき罪深い私たちを許す方法を発明しなければならない」と記されており、そして一番新しい頁には、「島に本当のたそがれが来た時、点灯のスイッチを入れるのは、いったい誰なのだろう」と書いてある。

海雀が鳴く朝

きりきりと晴れた朝には、今でも時計が止まる。

「子どもは、見るでない！」

母はそういって、長い服の裾で子どもの眼を覆おうとした。が、子どもはもう見てしまっていた。

あの海雀が鳴きさわぐ朝、子どもが、母の服の裾から見た光景は何だったのだろう。いったいあれは何だったのだろう。そう思いながら、子どもはいつか大人になった。

あの朝、呼ぶ者がいて、母と子どもが東の海岸へと走っていったとき、砂浜に血だらけの男が横たわっていた。子どもの父だった。全身傷だらけで、顔もひどく腫れあがり、流れ出た血が白い砂浜を赤く染めていた。

〈身を捨てにきた島なれど
お前さま拾うてくだしゃんせ
拾うたらふたりで島ぬけて
ぬけた揚句が海の華〉

島に伝わる忘れ節を、子どもは平気で歌って育った。知らなかったから。

父親の死後、子どもはすぐにくじら屋敷へ引きとられ、やがて成人すると筋金入りの島内管理人となった。

数年前に島へ身を捨てにきた男が、今朝、島ぬけをはかった。男は沖へと水上二足歩行で歩きだしたが、さして行かぬうちにぶくぶくと沈んでしまった。男は捕えられ、岸へつれ戻されて、島内管理人たちに引き渡された。若い新任の島内管理人も仕事に加わった。男を棒で撲りながら、若い島内管理人は泣いた。今はじめて、子どもの時に母のスカートの蔭から見た光景を理解したからである。

〈ドブン〉〈ドブン〉

〈掟ダッテバ〉

海雀たちが鳴いている。

きりきりと晴れた朝には、島時計が止まる。

地図

私は、この島の地図販売人です。

地図といっても、さまざまな種類があって、私の販売しているのは、島外から来た人たち用の、特別な地図です。

島の地図は、私たち地図販売人だけが販売することができます。地図は、販売人たちが各自で作成します。

もっとも大抵は、くじら屋敷に昔から伝わるものがあって、それをもとにして各人が日々変わる島の様子を加筆し補正します。

日曜日には、私たちは地図を直すのに忙しく、地勢の変化に応じて等高線や分水嶺、切り通しや蛇行する川などを記入します。特に道の変わったところは、赤インクで印をつけます。道はしばしば変わるから。というより、日曜日に私たち地図販売人が、道を変えてしまうから。

そうです。私の販売しているのは、この島へやってくる人たちを、島の奥へと誘い込むためのものです。私たちが記入した道しるべに従って、島外からやってきた人たちは島の奥へ奥へと誘われ、断崖から身を捨てたり、あるいはくじら屋敷へと吸い込まれたりするのです。

今日は、月曜日。私は新しい地図を持って、朝から港へ行きます。そして船から人々が降りてくると、地図を手に掲げて、声を涸らしているのです。

「これは最新の地図ですよ。この地図があれば、島のすべてがわかります。島内線に沿ってお進みなさい。島の発端と終末、そしてそれを越えた存在に気づけば、あなたは身を捨てることが出来るのですよ」

ようこそ、島へ。

島内案内人

この島には、さまざまな船が着きます。観光船は勿論のこと、夜のあいだには巡礼船や布教船、そして稀には囚人船といわれる船もやってくるようです。しかしきまって闇深い真夜中なので、降りてきた人間のどれが囚人でどれが看守だかわからないといいます。しかし、この囚人船を見たという者は、ほとんどいません。

昼間観光船が港に着くと、観光客たちは、まず波止場で地図を販売人から買い求めます。この島の地図は、ここでしか手に入らないからです。

その地図を持って、ある者は徒歩で、ある者は港の自転車店で自転車を借りて、島内観光に出かけます。道が地図に記されているのと違うので、驚くでしょう。こうして島の奥深くへと迷い込みます。断崖のあたりで急にブレーキがきかなくなった自転車ごと海に落ちたり、あるいは喜びとともに身を捨てたり、あるいはくじら屋敷に吸いこまれたりして、戻れなくなった者たちが大ぜいいるのを知っています。かつては、私の両親もそうでした。

今、私は毎日埠頭に出て、島内案内人ののぼりを持って立っているのです。

島内案内人の資格をとれるのは生粋の島内人だけです。つまり、島のくじら屋敷で生まれた第二世代の者たちです。ということは、私もまたくじら屋敷で生まれたくじらっ子とよばれる者たちの一人なのです。島生まれですから、島のどんな地形も知っています。物心つく頃から島のすべてを見て育ったのですから。以前には私も自分で地図を作成して地図を販売していたこともあります。この島に多い、地図偏愛者のひとりでしたから。

でも今は、島内案内人として、より多くの喜びとともにこの仕事に従事しています。喜びとか苦しみとか煩悩とか、島外と島内では、言葉の概念は異なるようではありますけれども。

私が右手に掲げたのぼりが、潮風にはたはたとひるがえっているさまをごらんなさい。

「ようこそ、島へ。すべての道を知る島内案内人が、身を捨てにきたあなたをご案内します」

そうして島の奥へ奥へと誘われていった者の一部が、くじら屋敷に住む者となって、そこで第二世代をつくるのです。私のように交配し繁殖する能力のないくじらっ子たちを。夕方、最後の船便が島を離れようとしています。ほら、島に降りた人たちを回収しようとして鳴らしている汽笛が聞こえますか？

今日は何人が船へ回収されるのでしょうか。

そして何人が島へ捨てられるのでしょうか。

ようこそ、島へ。

第二章　水上二足歩行について

妻のノート

夫は、とうとう島に行ってしまった。

夫は発明家だったが、いらぬ物をあまりにも多く発明しすぎて魂が重くなり、水上二足歩行ができなくなったので、とうとう島へ行こうと決めたようだ。

夫はいったい島のどこに居るのか。

私も運よく乗れた、年に数度の観光船に乗り、夫を探しにこの島にやって来た。

水上二足歩行ができなくなった夫は、おそらく異端の存在として島で生きていくことになるのだろう。

さまざまな理由で魂が重くなり、この島へ来た者たちはおおぜい居る。

患者たちの四肢を切断しすぎた外科医、歯を抜きすぎた歯科医、ささやき語法訓練に失敗した言語療法師など、この島で異端として生きる者はさまざまだ。

島では、毎日、朝になると人々が東部の海岸に集まってくる。島の人々にまじって異端とされた人々も海岸に立ちつくして、波の向こう水平線のあたりに島影を探して目をこらす。しかし島影は見えない。見えるのは時たま島へ来る観光船だけだ。

私も毎日、夫を探しに東部海岸へ出かけて行く。そして異端とされる人々の中に夫の姿が見えないかと探している。

しかし島の人々は、そして私も、長い間水平線を見続けたために、瞳が焼かれて、眼がよく見えない。

毎日一回は、かすかに夫らしい人の姿を見かけて近寄っていくが、夫だったためしはない。


今朝の東部海岸は何やら騒がしい。

「わたくしどもに、許しはあるのか」と叫ぶ声がする。

かすみ網捕獲で鳥を捕りすぎて、鳥を全滅させた鳥類学者だ。

「そんなに魂が重くては、まだ許しは来ない」と叫び返す声がする。

姿ははっきりとは見えないが、そうだ、その声は夫だ。

「いや、もう一つの島へ行けば、許しはあるはずだ」と鳥類学者は、海へかけだして行く。

「そんなに魂が重くては、水上二足歩行はできないぞ」と、夫のとめる声。

しかし鳥類学者は、水上二足歩行で海の上をわたって行く。が、沖まで行かないうちに、ぶくぶくと沈み、波の下へ消えていった。

(許しなど、あるものか)と私は思うが、口に出しては言わない。私はまだ魂が軽いので、いつか水上二足歩行ができるようになるかもしれない。

でもやはり、夫のように魂が重くなり、水上二足歩行ができなくなる日が来るのだろうか。

私はかすむ眼を見開いて夫を探し、そのそばへ近づいて行った。が夫の眼はもはや私を認識できないようだった。

それでよいのだ。私は夫の同伴者としてこの島で生きていこうと思う。

徘徊する者

島では一年中太陽の陽射しが酷しい。絶え間なく照りつける陽射しに、島の樹々や草花は葉を広げ、茎や幹を太らせ、根を地に大きく伸ばす。

しかし、家々の中の暗がりでは、ひっそりと病人たちが患部を肥厚させている。

埠頭では、毎日大勢の人々が立ちつくす。船を待って。この季節にはしばしば嵐が吹き荒れ、船が欠航する。しかし嵐の朝にも、埠頭には船を待つ人々の姿が絶えたことがない。人々は水平線のかなたへと絶えず視線をさまよわす。まるでこの島は見すてられた島なのではないかとでもいうように。

私も視線を遠く水平線へ送り、埠頭に立ち並ぶ人々の群にまじって医師を待っている。島には医者がいない。夫の病気療養のために医師を待つが、時には島に医師がいない方がいい場合もあるようだ。

今日、船は医師を乗せてこなかった。私は病気の夫の待つくじら屋敷へ帰る。屋敷では昼も夜も目かくしをした夫が、始終屋敷の中を徘徊している。十年前、私が
「なぜ、目かくしをしているの?」とたずねた時、夫は、

「おまえを見たくないからさ」と答えた。

私は、見すてられた女なのだろうか。否。夫が島の中へ閉じこめられた囚人だとすれば、私は看守だ。が、実は看守もまた、この島へ閉じこめられた囚人にすぎない。こうして何十年もたち、やがていつかこの島にたそがれが降り、二人し

て滅んでゆくのだろう。だからいくら医者を待っても、夫の病気の治療法など、ない。

日中、夫が屋敷の中を絶えまなく徘徊する間、庭では、草が養分を吸い上げて音もなく伸びる。虫たちは交尾をしているのだろう。樹上では蟬たちが求愛の声をあげて鳴き騒いでいる。

ああ、もしあの声が、私にもあったなら。

うすばかげろう

乳房がなくなってしまったのです。
朝、目が醒めたらなくなっていたのです。
寝床の中に落ちていないかと捜したのですが、
見つかりませんでした。

誰かに齧られてしまったのでしょうか。
でもまた、生えてくるだろうと思いました。
乳房は生えてきませんでした。
どこへいったのでしょう、私の乳房は。

それがどこにあるか、今、私は知っています。
あの箱です。あの箱の中にしまってあるのです。

ときどき、私はそれを箱から取りだして、胸につけてみます。
白くて、ぷりぷりして、良い感じです。
立派な乳房です。それをつけた私は、まるでちゃんとした女のようです。
夜中に箱を開けて、乳房をつけて遊んでいます。
犬と遊んだり、猫と遊んだり、魚と遊んだり。

いいえ、そんなことをしている場合ではありません。
私の心の悩みが深くなると、乳房が重くなるのです。
だから私は耳をはずし乳房もはずして、体を軽くしなければならなかったのです。
透きとおって、うすばかげろうのように軽くなってしまいたかったのです。
そうなったら、水の上を歩くことができるのでしょうか。
いつか、できるのでしょうか。

もう箱は、捨てなければなりません。
私は耳や乳房の入った箱を持って、海岸へ行き、シャベルで砂地に穴を掘りました。
中身をその中へあけて捨てました。

乳房に砂や石が刺さって痛かった。
でも、痛みにはじきに慣れてしまうでしょう。

毎日、砂浜に立って、海を見つめています。
うすばかげろうのように、軽くなって、薄くなって、
あの波の向こうへ、私は歩いていけるのでしょうか。
いつか私も本当の水上二足歩行者となって、
海の上を歩いていけるのでしょうか。

私は息を吸っては吐き、吸っては吐き、体を軽くしようとし

ています。
体の中の重いものを、すっかり出してしまいたいのです。
乳房は砂地の中で次第に溶けていくでしょう。
やがてそれがすっかり溶けてなくなってしまえば、
きっと私も、水上歩行者となれるにちがいありません。
それを待ちながら、私は今日も一日中、
砂浜で海を見つめて立っています。

水上二足歩行術者

　妻は水の上を歩くという観念に取りつかれて以来、その練習に余念がなかった。海岸沿いの長い舗装道路を歩く時も、水上を歩いているつもりで、奇妙に拍子をとりながら歩くのである。くじら屋敷の廊下や台所の床でさえも。

が、実際に水上を歩くのは容易なことではなかった。

週末になると、妻は私を伴って東部海岸へ出かけ、海の波の上を歩こうと試みた。私は砂浜に陣どり、小骨を嚙みながら犬と一緒にそれを見守った。しかし練習の成果もむなしく、妻はブクブクとぶざまに沈むばかりであった。

私はといえば、海岸通りの海老屋の海老の佃煮と、鮒屋の鮒の佃煮と、小女子屋の小女子の佃煮があれば、それでほぼ満足の日常であった。海辺で、妻が水上歩行術の訓練にはげむ姿を眺めながら小骨が胃の中でゆっくりと消化していくのを待つ間、私も犬も、ほとんど至福ともいえる時間を過ごすことができた。

しかし、そういう週末を何度もくり返したある冬の朝、妻の呼吸が不意にかわった。冷たい朝の風を何度も吸ったり吐いたりしているうちに、妻の体はまっすぐに伸び、息のにおいが消え、肌が蒼白く透きとおっていった。

いよいよきたな、と私は思った。案の定妻は乳房もつけずに、いっさんに海辺へ向かう。

私も犬と一緒に駆けて、その後を追った。

見よ。光あふれる朝の波の上を、妻がしずかにわたって行く。見えない向こうの岸へむかって。水の上をかるがると歩きながら。

　こうして妻は水上歩行術者たちの一人となった。そうして島の向こうへ行ってしまいそれきり戻らず、島の中でその姿を見た者はいない。

　私は相変わらず犬と一緒に海辺で小骨を嚙んで至福の時を過ごす。時おり犬が浜辺の砂をかきおこす。嚙みとられた妻の乳房や耳が出てきそうな気がして、私は目を離すことが出来ない。

第三章　東部海岸の人々

家族の日曜日

猫を噛むのは本当にいい気持だ。噛んでいると、じわっと温かい血がふき出てくる。ちゅうと音を立てて吸うと、猫がうれしそうに喉を鳴らす。猫の血が体の中に入ると、わたしの血もやっと音立てて循りはじめる。

はじめ夫が連れてきたのは、犬だった。それから猫、とかげ、かめ、鳩、にわとり、いんこ、こがねむしなど。

毎晩、真夜中になると、夫からの電話が鳴る。

「オクサン、今日ボクハ、迷子ノあひるヲ拾ッタヨ。あひるト一緒ニ帰リマス」

さもなければ、

「オクサン、今日ボクハ喘息ノ猫ヲ拾ッテ困ッテイルヨ。雨ガ止ンダラ連レテ帰ル」

そういって、日曜日ごとに夫は帰ってくる。

こうしてだんだんわたしの家族はふえていった。

夫のいない長い夜には、わたしの家族たちと嚙みっこをして過ごす。とかげの青い血が美味いということを知ったのも、そんなある晩のことだった。

「尻尾があるというのは、どんな気分？」

わたしがそうきくと、とかげはとくいげに尻尾をふりまわしたので、わたしはその尻尾を嚙み切ってやった。青い血がしゅわっと尻尾からふき出して、その美味いこと！　新しい尻尾が生えてくるのが楽しみだ。

迷子のあひるも美味かった。喘息の猫も美味かった。

しかし、猫は猫味、犬は犬味、かめはかめ味、鳩は鳩味、虫は虫味、そして人は人味。

そう、何といっても夫を噛むのは本当にいい気持だ。夫の血が美味いということを知ったのも、ある日曜日。だから夫は誰にも噛ませてやらない。くじら屋敷の日曜日、わたしひとり、夫を噛んで赤い血をすすり、元気をとりもどす。

東部海岸の犬たち

わたしは島の犬と結婚いたしました。夫との間に子どももも生まれましたが、しばらくすると、犬の家族はいなくなりました。もう昔の話です。夫も子どもも、みな死んでしまいました。

ところが近頃、夜になると、犬の家族のようなものが、遊びにあらわれるのです。

うつ伏せに寝ていると、背中をドカドカドカと走りまわるのです。仰向けに寝ていれば、仔犬たちが顔を踏みつけてゆきます。鼻でも唇でも目玉でもおかまいなしです。ズブズブズブとどこにでも小さな足をつっこみます。

大きな犬もいます。大きな犬に腹や胸を踏みつけられるのは、何よりもいやな気分です。かつて夫に嚙みとられた乳房のあとが痛むからです。

朝、悪夢から目醒めると、わたしの顔は赤く腫れあがり、背骨はあちこちで折れ曲っています。わたしは昔夫から習った犬ヨガをやって背骨をもどし、島の特産のイヌハッカ茶を飲み、イヌフグリの葉で顔を湿布します。そして乳房を箱から出してちゃんと胸に付ければ、じきにわたしは元通りです。

こうしてわたしの朝は過ぎてゆきます。もうじき昼だというのに陽も射さず、この季節特有のどんより曇った空が広がっています。

東部海岸には人影もなく、わたしの住むドッグハウスの二階からは、波しぶきをあげる鉛色の海が見えるばかりです。

これから寒い荒涼とした冬がこの海岸にやってきます。夏のあいだに採集した猫たちが、夫も家族もいないわたしの冬の生活の慰みものになるのです。

午後からは、シャベルを持って海岸に行きます。砂浜を掘っては埋め、掘っては埋めして、無聊を慰めるのです。掘り返すたびに、カチンカチンとシャベルに当たる音が聞こえます。砂の中から白い犬の骨が出てきます。この辺一帯は犬の墓場なのです。

「この骨はどの犬のだったかしら」

わたしは、標本箱から出して連れてきた猫に話しかけます。

「この骨は、あの犬だったかしら？　それとも？」

でも標本箱から連れて来た猫は、もう鳴き声を立てることもできず、目瞬きすることもできず、じっとわたしと一緒に鉛色の海を見つめるばかりです。

東部海岸、丸ふじとんかつ店

東部海岸の丸ふじとんかつ店では、別名味の歓楽郷といわれている通り、あらゆる鳥獣肉、魚介、虫、蔬菜が扱われている。島で丸ふじとんかつ店を知らない者はいない。そこは多くの人々が集まるので、各種の情報交換がなされる場でもあった。

わたしと夫とは、数年前に丸ふじとんかつ店で短い会食をしたのが最後であった。それきり夫は帰宅していない。

以前から丸ふじとんかつ店でしばしば聞いた話によれば、そのころ夫と金魚のオノタミエとの交友はすでに深まっていたらしく、夫はよく金魚をつれて島内を歩いていたらしい。わたしも中国兎の楊国恵との交流に忙しく、夫と金魚の関係にそれほど意を払っていられなかった。

楊国恵については、ご存知の方もあろうが、断層心理学者であると同時に、三段跳びの選手権保持者で、難点をいえば、中国語しか喋らないことである。しかし金魚のオノタミエなどが口から泡ばかりしかふかないのに較べれば、たいした難点ではないとわたしは思った。

多くの季節がめぐって来ては過ぎていった。

わたしと中国兎との交友はずっと続いていた。

中国兎は必ず夜、庭先からわたしを訪れた。発見したばかりの断層心理を手に、暗い庭先からわたしの部屋の窓を叩く。わたしもてなしに戸棚から一番新しい物語の着想を出して見せるという、いわば深夜の友人関係であった。

「あんたが、今、女だったらいいのになあ」と楊国恵はしばしばいった。

「ぼくが女だったころには、いろいろなことがあったよ」

とわたしは、夫がいたころを思い出していった。「あのころは、まだ乳房もちゃんとあったしね」

でも、季節がめぐって来てまたわたしが女にもどれば、楊国恵を丸ふじとんかつ店へ連れていって、中国兎の丸焼きを食べなければならない。金魚のフライも食べなければならない。その季節が近いことを木々の芽ぶきが告げている。

第四章　くじら屋敷の猫たち

猫の小説作法

「誰も彼女が物を食べるのを見たことがなかった」と猫のとかげ丸は、くじら屋敷の一室でクッションの上に寝そべりながら、今自分が書いている小説の文章を考えた。

「だが、彼女が水をのむことは、誰もが知っていた」

猫のとかげ丸は、いつも頭の中で小説を書いていたが、一度もペンをとって紙にしたためたことはなかった。猫は字を知らないからである。が小説を書くことが彼の最大の関心事（ウナギせんべいを食べることに次いでの）であり、とかげ丸はアサネボー印のクッションに寝そべって日がな一日頭の中で小説の文章を考えていた。

「しかし、ある作家の彼女への愛を、彼女が知っていたかどうかはわからない」

〝彼女〟とは、とかげ丸が棲んでいるくじら屋敷の裏庭の隅に置いてある、忘れられた小さな鉢植えの梅の木のことであり、ある作家とは、むろんとかげ丸自身のことだった。

「彼女を愛する作家は、毎朝彼女のもとに来て、彼女を齧りながら励ました。〈もうすぐだよ、がんばれがんばれ〉しかし彼女は冷たい風の中で小さく身をちぢめて、何も答えようとはしなかった」

そこまで考えて、とかげ丸は大きくのびをし、アサネボー印のクッションからおりて、頭の中でさらに小説の文をねった。

「雨が降り、日が照った。ある朝作家は、屋敷の裏庭へ出かけていった。そしてとうとうまだ薄寒い日射しの中に一輪、薄桃色の花を開いている彼女の誇り高い姿を見つけた」

そこまで文章をねってからとかげ丸は本当に彼女にあいに裏庭へ出ていった。空腹のあまり梅の枝の先っぽを齧って、ウナギせんべいの芳しい味を懐かしく思い出しながら、「作家の庭にも、やっと春が訪れたのである」

そうつぶやいて、猫は小説をしめくくった。

屋根の上の隠者

しっぽがとれてしまった猫というのはさみしいものだ。くじら屋敷に住むしっぽのない猫のとかげ丸は、もう自分のしっぽを舐めて手入れすることもできなければ、くじら屋敷の少女のたま子にしっぽをぎゅっとつかまれ引っぱられるという苦痛を受けることもなかった。

それだのにたま子は、最近くじら屋敷に引きとられてきたばかりだというのに、

「しっぽがなくなったからには、もうあんたはあたしから離れられないんだよ」などと、幻のしっぽをつかみながら古参のとかげ丸にいう。するとなぜかそんな気がしてくるのがなおさらいやだった。

それよりも真夜中にこっそりしっぽを使って、永遠の恋人ミヨコにふらちな妄想メールを送ることができないのが残念だ。

ミヨコは、たっぷり妄想メールのやりとりをしてしまってから、妄想ごっこにあきると、

「いたずらメールはやめなさい。いいつけるよ」という。

こういわれると、誰にいいつけられるのかわからないのに、何となくこわくなってあたふたとメールを終えてしまうのが、猫のとかげ丸だった。しかし、しっぽがなくなった今は、誰にいいつけられようと、もうこわいものなんか何もないという気がしてきた。

たま子なんか、むろんこわくもなんともないのだ。ただ、何となくイヤなんだ、ととかげ丸は思っている。

いずれにしろ、くじら屋敷でいちばんの物知りということになっている猫のとかげ丸としては、しっぽのとれてしまった猫というものは、ほとんど隠者の如き存在でなければならない。それだのに、どうしても夜になると、たま子といっしょにくじら屋敷の屋根の上にのぼり、たま子が、

「あっちの空はまっくろけえ！」と叫ぶのに声をあわせて、思わずとかげ丸も、

「こっちの空もまっくろけえ！」と叫んでしまうのだ。

忘れの森で

忘れの森へ入ると、猫のとかげ丸の姿はだんだん大きくなっていくようでした。宵闇がしだいに深まり、猫の体はぼうっと、木の下蔭のもっと濃い闇の中へ溶けこんでいきました。猫のとかげ丸とわたしは、より暗いところを求めて、ずんずんと森の奥へと入っていきました。

冥王星が赤く輝く晩、忘れの森の広場では、猫たちの踊りが夜っぴて行なわれるのだそうです。ときどきくじら屋敷にも、深夜、「ヤットナァ」というようなかけ声が、風の音にのって聞こえてくることがありました。そうすると、わたしは胸がしめつけられるようになって、猫のとかげ丸をさがすのですが、そんな晩には、とかげ丸はきっといません。

しかし、今夜、とかげ丸が、前足のやわらかい肉球でわたしの頬をポッポッと叩きながら、

「たま子ねえさん、いっしょに忘れの森へ行かないか」と

誘うのです。それでとうとう今夜、わたしはとかげ丸についてこの森へと来てしまったのです。

森の広場へ来ると、もうおおぜいの猫たちが集まって、そろい踏みをはじめていました。

「ヤットナァ！」

猫たちの鳴き声がいっせいに暗い森にひびきました。

踊りがはじまりました。その踊りは忘れ踊りともよばれていて、忘れの森へ入った人間が、二度と森から出られなくなるのは、その踊りを踊ったせいだといわれています。

「どうだい、いっしょに踊らないか？」

とかげ丸は熱く生臭い息を吹きかけて、わたしをしきりに誘うのでした。樹々の上に青い月が昇ると、猫はわたしに噛みつき、爪をわたしの肩や背に食いこませました。そして耳もとで、こう囁くのです。

「たま子、おれは百年前から、おまえを待っていたんだぜ」

わたしはとかげ丸にこうされると、なんだかうっとりして、胸がしめつけられるように熱くなってしまうのです。


やがてくじら屋敷へ帰ってくると、とかげ丸はふつうの飼猫にすぎません。しかしわたしは、自分の体についた爪あとや歯型を見ているうちに、いつか自分が猫といっしょにあの踊りを踊ってしまうだろうという気がしてならないのです。

そしてわたしはいつかすべてを忘れて、きっと猫のとかげ丸に食いちぎられながら生きていくのでしょう。

本当の名は

くじら屋敷の裏庭に住んでいた猫は、みにくい猫でした。ゲーゲーといつもしゃがれた声で鳴いていました。しっぽもとれてしまったのか、ありません。そんな猫と知りあってしまったことに、わたしは後ろめたいような嫌悪感をおぼえるほどでした。

が、そうもいっていられませんでした。ある日その猫が、わたしの部屋を訪れて、「たま子、なぜおれをとかげ丸と呼ぶんだ。おれの名はタカハシだ。どうか本当の名で呼んでくれ」といって、泣くのでした。

「タカハシだって？」

「忘れたのか。おれはあのタカハシだ。昔はおれも見ばえのよい男だったのに。猫に生まれ変わる前はな」

わたしはタカハシという名を思い出せないでいました。けれどとにかく、その猫をとかげ丸でなくタカハシと呼ぶことにしたのです。

猫のタカハシは、それからちょくちょくわたしの部屋を訪れて、わたしの供するささやかな午餐（煮干しやらチクワやら）を食べることになりました。午餐が済むと、それから彼はわたしの膝の上へのぼってうたたねをします。それが今のわたしたちの無上の快楽なのです。

そんなある昼下がり、わたしはふいに何か思いだしたような気がしたのです。それで、うっかり、膝の上で眠る猫に、こう囁いてしまったのです。

「タカハシ、あの時は本当にすまなかったわね」

すると猫は、眠ったふりをしながら嗄れた声で、

「いいんだよ、たま子。昔おまえが遠い町でおれを棄てたことなど、とっくに許しているさ。もう三万年も前のことのように思えるよ」

そういって、わたしに許しを与えたのでした。

そのようにして、わたしは、もう幾世紀も昔のありし日の美しい高橋少年の姿を瞼に浮かべながら、みにくい猫を抱きしめて、ぼんやりと座っています。そう、わたしたちは年老いた者のように、くじら屋敷の隅の日のささない部屋で、じっと抱きあって一日中すわりつくしているのです。

第五章　絶滅危惧種

何でもあります

あの世の時を計る時計がある。ぼくはある島で、たしかにそれを見たことがある。

島の海岸通りのはずれに、ひっそりとその店はあった。

「品物屋」と書かれた古びた木の看板がかかっていた。店の厚いガラス扉の向こうは薄暗く、ひっそりしている。ガラス越しに覗いてみると、店主らしい白髪頭の親爺が時たま大きな咳をするほか、人の気配もない。扉に、「何でもあります。どうぞお入りください。　品物屋」と書いた紙が貼ってあった。

(何でもあります……すると、あれもあるのだろうか?)

思いきって扉を押して中に入ると、黴と埃の臭い、それでいてどことなく生ぐさいような異臭が漂っていて、店じゅうに種々雑多な道具類が雑然と積み上げられていた。

ガラスの飾り棚の上には、埃が白く積もっていた。そしてその飾り棚の上に白髪頭の店の主人がかがみこみ、一本の金属の棒のようなもので、埃にせっせと文字や記号らしきものを書きつけていた。

「こんにちは。何でもあるって、本当ですか」

ぼくが声をかけると、店の親爺はギクッとしたように肩を上げ、その作業を中止した。そしてあわてたように、埃の上にフッと息を吹きかけた。モウッと埃が舞い上がり、たちまち文字は消えてしまった。

「何でもありますとも。ここには、ない物はありません」

そういって店主が指さすほうを見ると、古い椅子、やかんと茶漉し、印鑑、表紙の取れた詩集、箱類、鍵、ちえのわ、指輪、口紅、革ベルト、鞄、煙管、幻灯機……ちょっと見ただけでも夥しい種類の品物が置かれていた。どれも古びて、まるで昔の世界へ来たかのようだった。

ぼくは思いきって、

「では、あの世の時を計る時計もありますか」

ときいてみた。すると店主はうなずいて、

「ああ、ありますとも」

といって、さっきまで埃の上に何やら描いていたガラスの飾り棚の中を指し示した。

飾り棚にはしっかりと鍵がかけられていて、その中に、島でよく見るありふれた島時計が置かれ、コチコチと時を刻んでいた。

「これはただの島時計じゃないか。ぼくが欲しいのは、あの世の時を計る時計なのです」

そういうと、店主はぼくのほうをジロッと見て、

「島時計こそが、あの世の時を計る時計なんだよ」

「ええ？　本当ですか」

「ああ、本当だとも。だがこれを自分のものにしてしまう

と、きみはもう島から出られなくなるよ」

「というと？」

「ほら、もうじき船の汽笛が鳴る。島に降り立った人たちを呼び戻そうという合図の汽笛だ。だが、この時計の持ち主には、その汽笛はもう聞こえない」

「そんなばかな。ぼくはあの世の時を計る時計が欲しくてこの島へ来たんだ。ぜひこれを売ってください。ぼくはどうしてもこれを持って帰らなければならないのです」

「よろしい。では、お手にとって、しっかりとご覧なさい」

店主はそういって、ニヤリとわらった。

鞭の音

店主が、時計を取りだそうとガラスの飾り棚の鍵を開けるのに、どれほどの時間がかかったかわからない。が、ぼくにはひどく長い時間のように思われた。というのは、そのあいだに店の中の薄暗い奥の方に動くものの気配があって、目を向けると、一人の少女がそうっと奥の部屋から入ってきた。ぼくの方を向いて作業している店主はそれに全く気づかない。少女は音もなく、店主の後ろまでしのび足で歩み寄り、ぼくの方をまっすぐ向いて立ちどまった。

　少女の出現は予期しないものだったが、それにもましてひどく驚いたのは、その少女のたぐいまれな美しさだった。まだ幼さの残った白い額、黒々と見開かれた瞳、ふさふさと肩までかかる髪。このように清らかで美しい少女を、それまでぼくは見たことがなかった。

　店主がぼくのほうを向いたまま飾り棚の鍵を開けようとし

ている間に、その後ろで、少女はそろりそろりとスカートをまくり上げはじめた。やがてあらわになった下半身の白さが、薄暗い中で浮立って見えた。それから少女は、つと片脚を上に挙げ、開いて見せた。うっすらと翳った陰部から、薄桃色の肉が、ちらと見えた気がした。そのとたん、ひどく生臭い、けものくさい臭いがあたりに漂った。

ぼくは電流に打たれたように感じた。体じゅうの血が一瞬のうちに沸騰した。そのとたん、

「こら、たま子！　何をしている！」

突然、親爺が後ろを振向いた。少女はスカートをおろす

と、美しい顔を崩し、はじけるように笑いはじめた。

「たま子、店に出てくるんじゃないよ！」と親爺の怒声がひびいた。

「さあ、あんたも出ていってくれ！」

ぼくは店から放り出された。ぴしゃりと音高く閉ざされた扉の向こうで、烈しい鞭の音が聞こえ、打つ声の怒声と、鞭打たれる者の獣のような叫びとも泣き声とも高笑いともつかぬような声がひとしきり続き、やがてしいんと静まり返って、何も聞こえなくなった。

あたしの胸がふくらんだら

あの世の時を計る時計。
ある島の「品物屋」という店で、ぼくはたしかにそれを見たのだった。
もう少しでそれが手に入る寸前、ぼくはその店の娘の思いもかけぬ奇妙な出現で、主人に店から叩き出されてしまった。結局、見ただけで、あの時計を手に入れることができなかった。

店から叩き出されたぼくは、しばらく呆然と立っていた。しかし店の扉は、いくら待っても開かれることはなかった。「何でもあります」と書かれた店の扉を見ながらたたずんでいるぼくの耳に、やがて、島の子どもたちのうたう囃し唄が聞こえてきた。

子どもたちはおおぜい集まってきて品物屋を取り囲み、こんなふうに唄うのだった。

〈商売はんじょう品物屋
おやじとむすめが仲良しで
夜にゃ豆いりお嫁いり〉

そのとたん、店の扉がガタンと開くと、あの少女が棒を手に走り出てきて、

「うるさい、子どものくせに、知ったようなことをいうんじゃないよ！」と叫び、棒を振りまわして子どもたちを追い散らした。

娘の姿が、前に店内で見た清らかな美しさとはうって変わった荒あらしいものだったので、ぼくがあっけにとられてい

ると、
「さあ、あんたも早くお帰り！　もうじき汽笛が鳴るよ！
この島の時間はたつのが早いからね」と、ぼくを追い払おう
とするのだった。
だが、子どもたちは一たん散りかけてはまた戻ってくる
と、
〈今日もたま子はお店番
お客が来れば鞭の音〉
と、またも囃したてた。
それを聞いても娘は、下品なまでに高笑いの声を響かせる

と、

「いいわよ、あたしは大人になったら、島いちばんの誘い女《おんな》になるんだもの。あたしの胸がふくらんだらね。それまでおまえたちも待っておいで」

そういって楽しそうに笑うのだった。


やがて夕方、船の汽笛が鳴るのが聞こえた。ぼくは船に戻った。そして島を離れた。

それ以後、二度とその島を訪れることはなかった。しかし子どもたちの囃し唄と少女の高笑いの声は、耳の奥にいつまでも残っている。とりわけ店の中から聞こえた鞭の音はぼくの耳で今も反響を繰り返す。

結局、ぼくはあの世の時を計る時計を手に入れることはできなかった。もしそれを手に入れることができていたなら、世界はすっかり変わったのかもしれないのに。

島にたそがれが降りる前に、もう一度、あの島に行くことはできるのだろうか。

あの島は、まだあるのだろうか。

絶滅危惧種

夜中に耳を澄ますと、階下で、ショリショリ、ショリショリと小さな音がします。風呂場で飼っているむかしとかげが、どうも使い残しの石鹼を食べているらしいのです。朝になって見ると、すっかり石鹼はなくなっていました。

とかげ商会の販売員に話をすると、

「お嬢さん、そりゃ、のどがいがらっぽいからですよ。のど荒れ、咳止めには、石鹸を齧るのがいちばんですからね」

というのです。

そんなことは知らなかった。そういえば以前はいがらっぽい声でないていたのが、近ごろむかしとかげは、すべすべした声で一日中「もういいかい、もういいかい」とないています。ためしにわたしも石鹸を舐めてみると、たしかに声がつやつやしてきたような気がします。

その夜、わたしは階下へ降り、風呂場へいってみましたが、むかしとかげの姿は見えません。でもわたしが、「おいで、おいで、もういいよう」と呼び出すと、ぽっとあらわれて、いつの間にか浴槽のふちにすわっているのです。

わたしは新品の香りのよい石鹸を差し出して、「石鹸はおいしいかい? たくさんおたべ」

するとむかしとかげは、うれしそうに「もういいかい、もういいかい」となきました。

わたしは浴槽に湯をはって、裸の体を沈めました。石鹸を食べ終わると、むかしとかげはちゃっかり湯につかって泳ぎ

だします。そして前よりずっとましな声で、

「もういいかい、もういいかい」となくのです。

わたしもつやつやした声で、「もういいよう、もういいよう」となき返しました。

むかしとかげと合唱していると、わたしが開けておいた風呂場の窓のすき間から、覗く者がいます。やっぱり、あのとかげ商会の販売員の男でした。

「やっぱりあんたもただの覗き屋だったのね」とわたしはいってやりました。すると、

「なんの、なんの、たま子さん。おれは今、アフターサー

ビスにまわっているところなんだぜ」

などと覗き男はいいます。

「むかしとかげは、たま子さんご同様の絶滅危惧種だろう？　それが今やこうして、絶滅前の最後のひと花というわけかね」

「そんなことをいったら、あたしたちはみんな絶滅危惧種じゃないの」

販売員は、聞こえたのか聞こえなかったのか、

「型録《カタログ》を置いていきますから、見てくださいよ、たま子さん。イモリ、ヤモリ、イグアナ、カイマン、いい子がいっぱ

いいますぜ」

「いらないよ！」とわたしは怒っていいました。あたしの大好きなむかしとかげを、イモリやカイマンといっしょにされてたまるか。

男は、

「ふむ、ふむ」といいながら、立ち去る様子もなく、窓のすき間から、じいっとわたしを覗いています。

むかしとかげは、とっくに「もういいかい」となきながら走り去っていきました。

残ったのは、二人だけ。

覗きたい者と、覗かれたい者の、二人だけ。
どのみちわたしたちは、みな絶滅危惧種。

打ちあけ話

年老いてからというもの、わたくしは午後になると裏庭に出てぼんやりと過ごすことが多くなりました。

くじら屋敷の裏庭には、いろいろなものが出没します。その中の一匹のむかしとかげと仲良くなって、いろいろな打ちあけ話をするようになりました。

とかげというものは、どうしてああも懐かしい生き物なのでしょう。見れば見るほど何だか切ない気持になって、もしかするとわたくしは、前世でこのとかげをよく知っていたようにも思えてなりません。

何世紀も生きてきて年老いたわたくしですが、ある日、何かをぼんやりと思い出しました。

そこで、とかげに話しかけました。

「実はわたくしもね、前の世ではとかげのような男の妻だったこともあったっけ」

けれどもとかげは、こちらを向いたままじっとしていまず。聞いているんだか、いないんだか。老いたわたくしの皺だらけの乳房も、見るんだか、見ないんだか。どことなく悲しげな顔でのっそりと座っているばかりです。

ある晩、わたくしはとかげを部屋に招き入れ、寝台に入れてやりました。とかげの冷たい肌の、気持いいことといったら。その肌を撫でながら、

「こうしていると、昔のことを思い出すねえ」といいました。すると、ふいに、とかげがこういうのです。

「たま子、実はおれも、前世では人間だったよ。だが妻に

逃げられてからというもの、井戸のふちに腰を掛けて、じっとしていた。陽だまりの中で、うつうつとして、とかげのようにじっと座っていたよ。悲しみのあまり、とかげになってしまいたいと思ったものさ。そうして何世紀もたつうちに、いつの間にかとうとう本当にとかげになってしまったんだよ」

こんなことを聞いていると、わたくしもまた、遠い昔の日々を思い出します。わたくしも、ずっとずっと昔、若くてまだ乳房もちゃんとふくらんでいたころ、夫から逃げたことがあったっけ。わたくしもまた、夫をとかげにしたのでしょうか。そんなことを話しながら、わたくしたちは冷たい体を触れあわせ、ともに眠りにおちたのです。

目を醒ますと、もうとかげはいませんでした。裏庭にもどこにもいません。

とかげは、もしかするとわたくしに許しをあたえたのでしょうか。

むかしとかげに二度とあうことはありませんでした。

今日もわたくしは、くじら屋敷の裏庭でぼんやりと座っています。そうしていると、わたくしには、裏庭の井戸のふちに座ってじっと陽を浴びている大きなとかげが見えるような気がするのです。

そう、わたくしはきっと許しを得たのだと思います。だから、たそがれが来るのを、こうして待っていればいいのでしょう。

第六章　たそがれのサーカス団

焚き火

海岸の西はずれにあるくじら屋敷の幼いものたちは、午前中はこの島の地質や地形を学ぶために学校へ行かされている。

海に囲まれているこの島では、逃亡する計画が絶えたことがない。

島の人々は、学校をさぼって東部海岸のあたりをうろついている幼いものの一人を発見すると、みんなして捉え、くじら屋敷へ連れ戻した。

くじら屋敷の子どもたちは、島の大人たちを怖れ、島の人々もくじら屋敷の子どもたちを怖れている。その理由の一つは、屋敷でたま子婆さんが丹精して育てているある種の草や木で、この草や木にかぶれると体じゅうがかゆくなるのだ。一生癒らぬ者も多く、子どもたちの多くは皮膚がいつも赤くただれている。

秋になると、草や木が枯れ、枯葉が舞い落ちると、落葉や枝枝を集めて、たま子婆さんが火をつけて焚く。落葉や枝枝といっしょに、古いノート、写真、日記帳なども焚かれる。多分、鞭や涙、悔恨、壊れた夢などもいっしょに焚かれるのだろう。

秋の夕暮れには、くじら屋敷の庭からもくもくと煙が上がる。それを見て、島の人々は、今年もまた秋が過ぎていくのを知った。だがある者たちは、「今年も、まだここに、本当のたそがれは降りてこないな」などと呟くのだった。

ポタポタ

蛇口をひねると、カッパのようなものが二、三匹ポタポタと落ちてきた。
「島ガッパだな」とぼくはすぐに思った。
島ガッパといっても、まだそれは本体のままで、形をなすに至ってなかったので、ぼくは洗いおけの水ごと、裏庭に撒いてすててしまった。

島ガッパというのは、水中いたるところに遍在するのだが、たましいのようなもので、形がない。何かに化けなければ形をなさない。形にあらわれるには、カッパは何かの姿をかりて化ける必要がある。カッパにとって化けることはもっとも大事な身だしなみで、生まれるとすぐ習うのだという。

島ガッパは、ここではふつう猫に化けることが多い。だから母さんの留守にぼくが強い島酒をこっそり舐めているとき、猫のようなものがぼくの部屋の窓をトントンと叩くことがあっても、それほど驚かなかった。窓を開けると、庭に猫が三匹いた。れいのカッパが化けたのだな、とぼくはすぐに思った。

じつにみっともない猫たちだったので、それですぐにわかったのだ。カッパというのは、何に化けても美しくはなれず、いつも自分がみにくいと思って恥じているのだ。

事実、それはきたないぶち猫やきじ猫だった。

「たま子おばさんは留守かね」と猫はしゃがれた声でたずねた。

「ああ、母さんはいないよ、だいじょうぶだよ」といって、ぼくは猫たちを部屋に入れ、母さんのとっておきの島酒と蛙の燻製などをふるまった。

じつはそれから、ぼくもちょっと変身術を習ったのだった。

「カッパに化けるときは、まず透明な膜を体にすっぽりかぶり、猫になったつもりでじっと祈ってさえいればいいんだよ、猫になったつもり、ということが大事。すると祈っているうちに、だんだん猫の恰好になってくるんだよ。これはたま子おばさんにはヒミツだよ」

と、酔っぱらった猫は、化け方の秘術をぼくに教えてくれたのだ。

「なるほど。そうだったのか」

ぼくは透明な膜をすっぽりかぶったつもりで、猫になろう、猫になろうとひたすら念じた。そして猫になってくじら屋敷から解放されたいとも祈った。

すると、とつぜん玄関の戸が開く音がした。

母さんが帰ってきたらしい！

「たま子おばさんだ！」

「たま子おばさんだ！」

猫たちは叫んだ。

ぼくは急いで透明な膜をやぶって出ると、あわてる猫たちをつかまえて風呂場へつれてゆき、浴槽に残っていた水に猫たちを漬けて栓を抜いた。水は勢いよく排水口から流れ落ちてゆき、猫たちもやがてジタバタしながら排水口から流れて姿が見えなくなった。そしてぼくの祈りもあっというまに流れていった。

カエルモドキ

今年はなぜか雨ばかり降った。夏の長雨のさなかにくじら屋敷へ行くと、庭の大きな池の縁におおぜいのカエルモドキがずらりとすわってキュウリの若い実を食べていた。

ばかな。古代、ぼくがカエルだった頃から、カエルの食べ物は虫ときまっている。

所詮はカエルモドキにすぎぬ。ぼくは彼らに冷たい視線を送り、たま子婆さんのところに雨のがれを頼みにいった。

夏の長雨には誰もが参った。そのため雨のがれが大はやりで、たま子婆さんなどもそれで大いに名を売ったといっていいくらいだ。

実際、農場の作物は育たないし、風呂場にはいろいろな湿っぽい生き物たちが庭から上がってくるし、くじら屋敷の庭も池になった。

そんな気候が、カエルにとってよかったのか悪かったのか、わからない。とにかくカエルモドキが繁殖したことは確かだ。私の家の裏庭にも以前からヒキガエルが一匹棲んでいて、月の出ないさみしい夜など、裏庭に出て低い声でカエルと呼ぶと、いつの間にか来て、一間もはなれた石の上にのっそりすわっていたりした。それが、気がついたときには、もうカエルモドキが五、六匹になっていた。今、カエルは絶滅期に入っている動物だから、大抵は石のようにじっとしている。カエルはやがて近い将来、カエルモドキにとってかわられることは決まっている。ネコもネコモドキにとってかわられたし、イヌももうイヌモドキでしかない。そしてこの悪夢のような長雨が終り、ハトが飛んで晴れ間がのぞき、やがてさんさんと陽のふりそそぐ長晴れの時代にうつったとき、カエルたちは絶滅し、ぼくたちはこんどは長晴れの日照りとどめをやってもらいに、またたま子婆さんのところへ行かなくてはならないのだろう。

ぼくの不眠

くじら屋敷に住むぼくの母は、このところ奇妙な体操に凝っている。毎夜かかさずやっているので、皺だらけだというのに、母の体は不思議なほどやわらかい。まるで仔猫のように。

真夜中になると、きまって始まる母の体操。

ガタゴトと、母の二階の部屋で音がする。ぼくの部屋の真上だから、うるさくてしかたがない。

「やめてくれ。眠れやしない！」とぼくが語気荒く下の部屋から怒鳴ると、母はしばらく静かにしているが、じきにまた始める。そして今度は、体を動かしながら何か叫んでいる。よく聞いてみると、「体操を通じてわたしたちは道へ至るのだ！」などと叫んでいるらしい。

「うるさいよ、母さん。静かにしてくれ！」とぼくが叫んでも、母は熱中しているらしく、「かくてついに真実を発見するのだ！」などといっている。

何回「やめてくれ」といっても、いっこうにやめる様子はない。

たまりかねてぼくは二階へ駆けあがった。

「真実など、ないんだよ！　道など至るところにあるんだよ！」と怒鳴りながら。

二階には、誰もいなかった。

母はどこかへ走り去ったにちがいない。

しかしこの奇妙な体操は、しだいにくじら屋敷じゅうに広まって、おたま婆さんの真実体操などといって、多くの住人たちがやっている。

夜になると、屋敷じゅうで始まる奇妙な体操。「われわれは、ついに真実を発見するのだ！」などと叫びながら。

こうして屋敷の者たちは、体操をやる者もやらない者も、真実を求めて眠れぬ夜を過ごしている。

だから、ぼくの不眠は当分なおりそうもない。

たそがれのサーカス団

おたま婆さんはずいぶんな歳だというのに、相変わらず元気で、まだまだ卵を産む。が、さすがに近頃は疲れがでたか、それとも呆けたか、時には妙な卵も産むらしい。

大抵は月満たぬうちに産まれた卵で、少女殺しや赤目、金目などがそれから孵った。

おたま婆さんが元気いっぱいで力があった頃は、千匹狼、大さそり、白鳥、熊から魚からたぐいまれな美少女まで、ありとあらゆるものが、おたま婆さんの産んだ卵から孵った。機嫌がよい時に産まれた卵からは、上半身が人間で下半身が四つ足の生き物や、八万神、仁王、ばく、龍、河童なども孵ったそうだ。

おたま婆さんの住むくじら屋敷からは、いつも美しい音楽が聞こえてくるが、父さんは、「決してくじら屋敷の前を通ってはいけないよ」と、ぼくにいってばかりいる。

「なぜ?」ときくと、

「あの前を通ったらさいご、屋敷の中に取り込まれて、おまえもたそがれサーカスの団員にされてしまうぞ」と父さんはいう。

屋敷の中では、毎晩サーカスが行なわれていて、音楽にあわせて猫たちのそろい踏みや、大熊、小熊のダンス、白鳥、さそり、乙女、金魚、射手、ケンタウロスなどが、空いっぱいに広がって、美しく化粧したおたま婆さんの指揮のもとに美技を繰り広げるらしい。おたま婆さんのおしゃれ好きとききたら有名で、化粧の時間が長くて、うっかりするとすぐ一世紀ぐらい経ってしまうそうだ。

「おたま婆さんは、死なないの？」

「さあて。父さんが生まれた時から、もうとうにお婆さんだったがね」

「じゃあ、一万年たってぼくが大人になっても、まだ卵を産んでいるかなあ」

「いいや。もうたそがれがおりてきているよ。じきに、みんな終わるさ」

たそがれにあらわれる者

島の書物には、私たち島の者は永遠の囚人だったと書かれている。

ともあれ、私たちは毎日海岸へ行き、埠頭に立って待っていた。実に長い間あの人を待っていた。

あの人が許しを告げる者かどうかということについてはつねに異論があった。そう信じていた者もいたし信じていない者もいた。いずれにせよ、私たちはあの人を待っていた。海の向こうからやがて波に乗ってあの人があらわれ、正装してあれをいうのを。

私たちは埠頭で、あるいは海岸で、待っている時間のほとんどを議論に費やした。議論の焦点は二つあった。

一つは、あの人が許しを告げる者かどうかであった。

もう一つは、許しを告げる者は看守かどうかであった。

前者は、あの人の役職が許しを告げる者でないとすれば、あの人はいったい何なのかという疑問であり、後者は、あの人が看守でないのなら、いったい誰が魂の解放を齎《もたら》し自由を与える者なのかということをめぐる議論であった。とはいえ、私が島へ来る以前から、すでにあの人は以前の島の住人たちによって正装する看守と呼び慣わされており、島へ来た私たちはそれを踏襲したにすぎなかった。

私たちは、毎日海岸に立って並んでいた。そして波の向こうをじっと見つめて立っていた。波の向こうからやがてあの人が正装してあらわれ、あれを言うのを待っていた

……………………

私たちは幾日も幾月も、幾年も待った。

そして今、私はいつ、あの人にあえるかを知っている。あの人が訪れるのは、たそがれだ。島に本当のたそがれが降りたとき、あの人ははじめてあらわれる。正装して許しを告げに。その時はじめて、あの人が看守なのかどうかもわかるし、私たちが囚人だったのかどうかもわかるだろう。

エピローグ

午後遅くになると、わたしは足をひきずりながら庭に出て、小さな椅子に座る。そうして夕暮れを待って過ごす。それが今のわたしの日課だ。

飼猫はもうとっくに死んでしまって、いない。庭石の上に、とかげすらもいない。

猫の亡骸が根元に埋まっている花みずきが、春の終りには美しい花を咲かせる。

満開の花みずきの薄紅色の花が、夢まぼろしのように夕空に映える。

そうだ、あれは、夢まぼろしだったのか――。薄暮があたりに立ちこめるまで、わたしはぼうっと花や草を見て過ごす。

夜の帷がすっかり降りると、やがて暗い夜空に満天の星が輝く。

あの島にも、たそがれが降りたあと、こうして美しい星空が広がったのだろうか。

それとも――？

わたしには、わからない。

たそがれの島のことは、私も知っている。わたしも一度はあの島へ行き、そうしてひとり帰ってきたのだから。

夫を残して。

それが夫の望みでもあったから。夫は私を解放し、自由を与えたのだった。

今、わたしはこうして、ここでひとり静かに滅んでゆく。夫とは、もう決して会えない。それでよいのだ。あれは美しい夢まぼろしだったのだ。わたしは心満ちたりて、滅びの日までこうして過ごそうと思う。

*

そう思っていた。

ところが数年たったある日、配送業者が宅配便を届けてきた。

口上書が付いている。

「麗しきけもの一匹、献上仕り候」

ずいぶん旧い時代から、送られてきたもののようだ。送り主は、くじら屋敷、たま女。

箱を開けると、なんと、みめ麗しい、それこそ玉のような仔猫。か細い声で、唄うように小さく鳴いた。

その時ふいにわたしは、島にたそがれと共に救済と解放が訪れたことを直感した。


わたしは静かに滅んでゆこうという気持などすっかり捨て

て、この新しいけものといっしょに生きていこうと決めた。

わたしは戸棚から古びたノートを取りだした。表紙もほころび、筆跡も色褪せた夫のノートだ。わたしは庭へ出て、花みずきの根元を掘り、夫のノートを、前の猫の亡骸が眠るそばに埋めた。

こうしてわたしは、また次の新しい物語を紡いでゆこうと思う。また、新しい夢を見るのだ。

あとがき

この「くじら屋敷のたそがれ」の主題は、長い間私が胸に抱いていたテーマでした。

実は、同じような主題で短編小説集「裏地とボタン商会の猫」（以心社、二〇一四）と詩集「変装術師の娘」（沖積舎、二〇一九）を書き発表していたのですが、祈り、贖罪、許し、解放等の主テーマは、あまりにも重く大きなもので、私の手に余るものでありました。とうてい描き及ぶことのできるものではなく、前二著の刊行後も、ふつふつと不燃焼の熾火のように私の心の奥に燃え続けていました。そこで、またぼちぼちと後篇のような積りで、小さな物語や散文詩のようなものを書き継いでいったのが本書です。

本書の作品の大部分は、小林稔氏の個人詩誌「ヒーメロス」に寄稿したものです。発表の機会を与えてくれた小林稔氏と「ヒーメロス」誌に深く感謝しております。

また一部の作品は、かつて詩人芦原修二氏が主宰していた「短説」誌に掲載したものを大幅に改稿したものです。

本書の出版に当っては、国書刊行会出版局長の礒崎純一氏に編集の労を執って戴きました。礒崎純一氏は澁澤龍彥の評伝「龍彥親王航海記」の著者でもあり、同書によって読売文学賞を受賞されました。私にとって礒崎氏の手を煩わせて本書「くじら屋敷のたそがれ」が国書刊行会から出版されることになったのは、望外の喜びであり、僥倖とも言ってよい幸運でありました。礒崎純一氏に厚く御礼申し上げます。有難うございました。

原 葵

二〇二〇年 夏

著者略歴

原葵（はら・あおい）早稲田大学第一文学部仏文学専修課程卒業。著書に、『野猿伝説』（思潮社）、『遠近法の書』（思潮社）、『変装術師の娘』（沖積舎）、『猫の生活読本』（主婦と生活社）、『マッカナソラトビーとんだ』（青弓社）、『裏地とボタン商会の猫』（以心社）など。訳書に、ダンセイニ『影の谷物語』（筑摩書房）、ダンセイニ『ヤン川の舟唄』（国書刊行会）、ダンセイニ『エルフランドの王女』（沖積舎）など。日本現代詩人会会員。

現住所　東京都品川区西五反田８－６－９

原　葵

くじら屋敷《やしき》のたそがれ

*

2020年10月20日初版第一刷印刷
2020年10月23日初版第一刷発行

発行者　佐藤今朝夫
発行　株式会社国書刊行会　東京都板橋区志村 1-13-15
電話03(5970)7421　FAX03(5970)7427
https://www.kokusho.co.jp
印刷　三松堂株式会社
製本　三松堂株式会社
装丁　山田英春

ISBN978-4-336-07180-4　C0093